RABELAIS

ET

L'ARCHITECTURE

DE LA RENAISSANCE

RESTITUTION DE L'ABBAYE DE THELÈME,

PAR CH. LENORMANT

MEMBRE DE L'INSTITUT.

(AVEC DEUX PLANCHES).

A PARIS.

CHEZ J. CROZET,

LIBRAIRE DE LA BIBLIOTHÈQUE ROYALE,

QUAI MALAQUAIS, N° 15.

MDCCCXL.

RABELAIS

ET

L'ARCHITECTURE

DE LA RENAISSANCE.

DE L'IMPRIMERIE DE CRAPELET,

RUE DE VAUGIRARD, N° 9.

RABELAIS

ET

L'ARCHITECTURE

DE LA RENAISSANCE.

RESTITUTION DE L'ABBAYE DE THÉLÈME.

PAR CH. LENORMANT,

MEMBRE DE L'INSTITUT.

(*AVEC DEUX PLANCHES.*)

A PARIS,

CHEZ J. CROZET,

LIBRAIRE DE LA BIBLIOTHÈQUE ROYALE,

QUAI MALAQUAIS, N° 15.

1840.

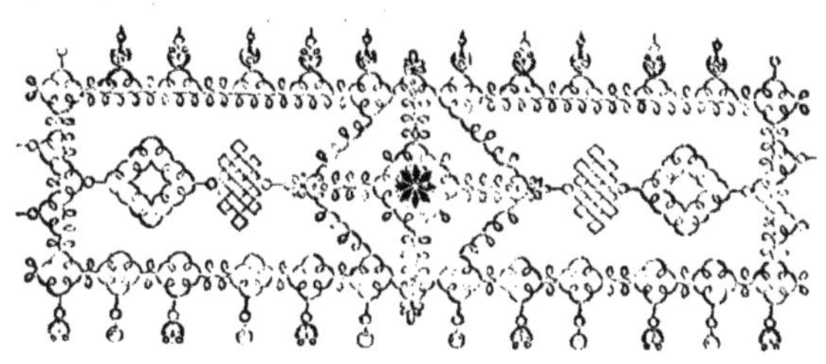

RABELAIS

ET

L'ARCHITECTURE

DE LA RENAISSANCE.

RESTITUTION DE L'ABBAYE DE THÉLÈME.

J'APPORTE mon tribut à l'interprétation de l'écrivain qui, parmi ceux de notre langue, a exercé l'ascendant le plus décidé sur mon esprit. J'ai trouvé dans l'immortelle facétie de Rabelais un coin ignoré dont les commentateurs n'ont parlé que pour donner la preuve qu'ils n'y avaient rien compris : me pardonnera-t-on de croire à cette bonne fortune et de m'en réjouir? Nous autres, auxquels la nature a refusé le don de la création, nous ne sommes bons qu'à devenir le gui ou le lierre de ces grands et vieux arbres qui couvrent le sol littéraire des nations civilisées.

Depuis tantôt vingt ans que je lis et relis Rabelais, j'ai eu sur ce bouffon de génie bien des illusions qui se sont dissipées. J'ai cherché la clef de *Gargantua* et de *Pantagruel* comme les contemporains de maître François cherchaient la pierre philosophale. J'ai demandé des pensées profondes, une philosophie arrêtée, un don de prescience et de prophétie aux écarts de l'imagination la plus désultoire et la plus avinée qui fut jamais. Aujourd'hui, connaissant mieux mon auteur de prédilection, j'ai pris de lui une terreur salutaire, et si parfois il m'arrive encore de chercher à faire jaillir l'ordre, la suite, la raison et la vérité de ce qui n'est que confusion, hasard et folie, il me semble que j'entends derrière moi rire l'ombre du curé de Meudon : s'il lui reste un plaisir, en effet, c'est de trouver des dupes parmi ses admirateurs.

Que penserons-nous donc de Rabelais, s'il ne fut ni un grand érudit, ni un philosophe profond, ni un réformateur social? Nous le considérerons uniquement comme un artiste admirable, incapable peut-être de donner à ses pensées une forme différente de cette capricieuse, insouciante et cynique manière qui le caractérise, mais puissant et fécond jusqu'à l'infini dans son genre, et digne de cette couronne que le plus grand *artiste* de notre époque a naguère posée sur sa tête : « Rabelais a créé les lettres françaises; Montaigne, « La Fontaine, Molière viennent de sa descen- « dance. (1) »

Or, il est du propre des hommes de la trempe de Rabelais de causer une profonde illusion sur la nature de leur esprit. Comme à eux seuls il est donné de communiquer à la pensée qui circule une forme ineffaçable, on leur fait honneur à eux seuls aussi de cette pensée, quand la plupart du temps on ne devrait voir en eux que de merveilleux écouteurs aux portes, des corsaires ayant lettres de marque sur tout le commerce des idées, des gens qui du droit que le don de la forme leur assure prennent leur bien où ils le trouvent, geais immortels parés des plumes de mille paons qui ne vivent qu'un jour, exécuteurs de cette pensée supérieure qui confond les espérances les plus légitimes de notre orgueil, et transporte perpétuellement les conceptions individuelles du légitime propriétaire à d'infidèles fermiers. Aujourd'hui, je ne reconnais plus dans Rabelais que l'immortel écho de ces voix confuses qui bourdonnaient en France au commencement du seizième siècle. Je n'ai plus besoin qu'une seule des pensées qu'il nous a transmises lui appartienne en propre : plus je le trouverai contradictoire, inconséquent, plus je croirai à la fidélité de son rapport, plus je verrai dans son livre l'image du *pandæmonium* qui allait préparer à la civilisation moderne la sanglante litière des guerres de religion.

L'étude de Rabelais n'est donc pas moins intéressante, parce qu'on a renoncé à l'illusion de sa puissance de réformateur et de philosophe, pour ne voir en lui qu'un artiste populaire, destiné à condenser tout ce qu'il y avait d'esprit, de bon et de mauvais aloi, dans les gens de lettres et de science, les rois, les nobles, les moines et les cabaretiers de son époque. Rabelais a eu son idéal. Il s'est fait comme Shakspeare dans *As you like it*, un paradis sur terre; il a placé les bienheureux de ce monde, comme il les rêvait, dans un séjour parfait et enchanté; il les a logés dans un palais, qui était toute sa féerie. Quelqu'un s'est-il mis en quête de restituer ce palais de l'imagination de maître François? Personne que je sache. J'ai sous les yeux les notes vraiment rabelaisiennes de Le Duchat, les lourdes et absurdes déductions de Lemotteux, les spirituelles remarques de l'abbé De Marsy, le trop sobre Delaulnaye. L'éditeur du Rabelais *variorum* est peut-être, de tous ces commentateurs, celui qui a dû causer au curé de Meudon le plus de cette joie d'*outre-tombe* que je redoute tant pour mon propre compte. Qu'était-ce, dans la pensée de Rabelais, que l'abbaye de Thélème? C'était le château du cardinal Jean Du Bellay, à Saint-Maur-les-Fossés, auprès de Paris, répond aussitôt l'honnête collecteur du Rabelais *variorum*. — Et pourquoi cela? — Parce que Rabelais a peint son illustre protecteur sous les traits du grossier frère Jean des Entommeures. *Gargantua* nomme frère Jean abbé de Thélème; *ergo*, l'abbaye de Thélème est au château de Saint-Maur. — Mais Rabelais, auquel parlait toujours le souvenir de la terre natale, a placé son abbaye-modèle dans *le jardin de France, qui est Touraine*: — nouvelle preuve que c'était le château de Saint-Maur : dans un si grave et si périlleux sujet, maître François sentait le besoin de dépayser son lecteur. Le bon commentateur douté si peu de sa découverte, qu'il a fait, à cette intention, le pèlerinage de Saint-Maur. « Nous sommes allé visiter, dit-il, ce séjour des muses, des grâces et de la volupté. Mais le château n'existe plus, il n'en reste que le parc et le portail... C'est une situation charmante. » Et en effet, l'Eustathe de notre burlesque Homère n'était pas obligé de savoir que le château qu'il prend pour celui du cardinal Du

Bellay existe tout au long dans les planches de Du Cerceau; que le style de son architecture est celui de la fin du seizième siècle, sous Catherine de Médicis; que par conséquent Rabelais n'a pu passer sous le portail qui inspire ce regret mélancolique à son loyal commentateur; qu'enfin on ne découvre pas la moindre analogie entre le plan du château de Saint-Maur et l'idéale retraite des Thélémites (2).

Nous procéderons par une autre méthode. L'abbaye de Thélème n'aurait aucun prix à nos yeux, si ce n'était pas autre chose que la peinture enluminée de quelque château de l'époque. Autant vaudrait alors étudier, dans leurs ruines, ceux qui nous restent. Mais Rabelais s'est élevé comme il l'a pu, sur les ailes de sa fantaisie, au delà de ce que produisait son siècle; par là il nous a donné la mesure de ce qu'on imaginait autour de lui en fait de luxe, de goût, de bien-être appliqués aux habitations princières. Sous ce rapport, il n'est pas sans intérêt de s'enquérir de sa manière de voir et de la portée de son jugement.

Quand on étudie quelque partie de la composition de Rabelais, on ne doit jamais oublier qu'elle a paru à diverses époques, entre lesquelles se sont prononcées des modifications assez profondes dans les idées et le caractère de l'auteur. Le premier livre, que clôt la description de l'abbaye de Thélème, appartient aux illusions de la jeunesse de l'écrivain et de la réforme religieuse prêchée par Luther. Le Gargantua du premier livre est un saint homme de luthérien qui *soupire profondément* en songeant à la persécution des *gens réduits à la créance évangélique*. Le Pantagruel des livres suivants ne croit plus ni à Dieu ni à diable. Dans le *Gargantua*, frère Jean a l'étoffe et l'encolure d'un aventurier huguenot. Dans le *Pantagruel*, Panurge est le sage sans préjugés qui plume également les deux partis livrés à l'illusion de leurs croyances. Cette tendance absolument négative de toute morale sérieuse, de toute discipline sociale, se manifeste encore davantage dans le cinquième livre, testament âcre et désespéré de Rabelais. Au commencement de l'ouvrage, le législateur de Thélème conduit ses religieux à un mariage honnête, à un amour de toute la vie; son épicuréisme est tempéré par le frein des lois qui régissent la société chrétienne. Dans le cinquième livre, après avoir déversé son venin sur toutes les professions et sur toutes les classes, le chroniqueur de Pantagruel ne trouve pour dernier mot de sa philosophie particulière qu'un propos de moine défroqué que l'on grise, qu'un hoquet de buveur tombé sous la table. Il y a bien long-temps que j'aurais voulu que le cinquième livre ne fût pas de Rabelais; mais la griffe de l'aigle y est empreinte : décidément, maître François n'est pas un père de l'Église.

Je pense aussi que si Rabelais avait tracé la description de l'abbaye de Thélème après le développement littéraire et artiste de la colonie italienne en France, cette description ne nous serait pas parvenue sous la forme tant soit peu gothique que l'écrivain lui a donnée. Continuons de prendre Rabelais pour ce qu'il est en effet; s'il doit cesser de prétendre au renom de réformateur en philosophie et en politique, à plus forte raison lui refuserons-nous le mérite d'avoir prêché une doctrine nouvelle en fait d'art. Rabelais, sous ce dernier rapport, est aussi peuple que possible : il admet, non ce qui existe déjà pour quelques esprits d'élite, mais ce que le consentement universel a solidement établi. Quand le premier livre de son ouvrage parut, il n'était pas encore allé à Rome; les lettres qu'on a de lui, écrites pendant son séjour en Italie, sont de l'année qui suivit la publication du *Gargantua*. Mais à voir l'indifférence complète pour les monuments de l'Italie dont ses lettres font foi, il est douteux que ce voyage ait notablement modifié ses premières idées sur l'architecture. En général, le Français du moyen âge (et Rabelais en était encore) n'était pas sensible à l'influence des doctrines antiques que prêchait l'art des Bramante et des Alberti;

c'est un honneur posthume, et bien peu mérité, que l'on a voulu faire aux arcs en *anse de panier* de la façade de Gaillon, que d'en attribuer le tracé irrégulier au compas de Fra Giocondo, le premier qui soit venu annoncer l'art ressuscité d'Ictinus et de Vitruve aux joyeux évideurs de pierre qui touchaient les gages de Louis XII et du cardinal d'Amboise. Léonard de Vinci, qui avait épuisé sa vie à réformer les Gaulois de la Cisalpine, expira de vieillesse et de désespoir à la vue des Transalpins qu'on le chargeait, de part le roi (3), de transformer en adeptes de la belle et pure école de l'Italie. Malgré la bonne volonté de Charles VIII, de Louis XII et de François Ier lui-même, l'Italie ne prit pied en France qu'après le traité de Cambray, en 1529, quand l'Italie, dévolue aux élèves de Jules Romain et de Michel-Ange, n'était plus digne d'elle-même. Les Français avaient résisté à l'influence du goût le plus achevé ; ils subirent enfin l'Italie dégénérée et défigurée par la manière. La France n'a jamais connu l'architecture si sobre et si harmonieuse de Raphaël et de Balthasar Peruzzi ; elle a passé, sans transition, d'un gothique obstiné, habillé tant bien que mal à l'italienne, à une architecture chargée, contournée, défigurée dès le jour de son importation par l'excès et la confusion des ornements. Cette belle simplicité, qui est le comble de l'art, la

France ne l'a connue, en peinture, qu'au temps du Poussin et de Lesueur; en poésie, que sous Racine; en architecture, jamais (4).

1535 est la date de l'édition *princeps* de *Gargantua*, ce petit in-8°, forme d'*agenda*, imprimé en caractères gothiques par *François Juste*, qu'on voit si rarement et qu'on paie au décuple du poids de l'or. Entre cette édition et celle de 1542, on remarque dans la description de Thélème une variante assez importante. « Ledict « bastiment, dit le texte de 1542, estoit cent foys « plus magnificque que nest Bonnivet ne Cham« bourg, ne Chantilly. » L'édition de 1535 s'arrête au mot *Bonnivet*, et en effet, *Chambourg* ou *Chambord*, comme nous disons aujourd'hui, n'a dû être bâti que postérieurement à 1535. Bonnivet, ce général inhabile, qui ne devait sa faveur qu'au don qu'il possédait d'exagérer les défauts de son maître, l'avait précédé dans cette passion d'architecture qui légua au règne de Henri II tant d'œuvres inachevées. Le château de Bonnivet ne dura pas plus que la fortune du favori : on a oublié cet édifice qui s'élevait à peu de distance de Poitiers (5). Chantilly a succombé de nos jours, et presque sous nos yeux. Chambord subsiste encore, fort embarrassé du procédé quelque peu violent qui l'a soustrait, il y a quinze ans, au marteau de la bande noire, mais mieux protégé aujourd'hui par les progrès du sentiment national que par un enthousiasme de commande. Nous savons donc à quoi nous en tenir sur ce que Rabelais avait vu et admiré. La date de sa publication, les monuments même qu'il cite comme types de la magnificence architectonique, nous empêchent de songer à ce que les Italiens firent plus tard dans Fontainebleau, et surtout au chef-d'œuvre du premier et du meilleur élève de l'école italienne en France, au Louvre de Lescot. Nous avons devant les yeux le tracé irrégulier des grosses tours de Chantilly, les escaliers capricieux, les cheminées orientales, les tourelles pointues de Chambord. Évidemment Rabelais ne s'est figuré ni une façade régulière, ni le développement d'un escalier à angles droits, ni le triangle d'un fronton : il n'a dans la tête que tours et courtines, que vis simples ou brisées; il s'amuse à entendre crier la girouette historiée qui surmonte les dentelles de plomb des toits d'ardoises : la date du livre de Rabelais est bien la date de son esprit.

Après ces préliminaires obligés, pénétrons enfin dans les murs de Thélème; mais que le lecteur reste bien prévenu : le château d'Atlant n'a pas plus d'erreurs et d'illusions que cette impossible abbaye des Thélémites. Celui qui vit dans la bouche de Pantagruel de *grands prez, de grandes forests, de fortes et grosses villes, non moins gran-*

des que Lyon ou Poitiers, pouvait-il bâtir l'édifice de sa fantaisie avec le cordeau de Des Godets? Et puisque nous avons tant de peine à deviner, d'après la description de Vitruve, la disposition de la basilique que cet architecte avait bâtie de charpente et de pierre dans la ville de Fano, que doit-il en être de la description d'un édifice imaginaire? Il restera donc plus d'une énigme dans notre restitution, et l'habile architecte (6) qui l'a transportée sur le papier, a été forcé d'interpréter et de corriger son auteur; mais il suffit à notre intention d'apercevoir Thélème dans le lointain de la perspective, du haut du coteau de Langeais, avec la Loire au pied, se répandant sur les grèves, et les rayons d'un soir d'automne qui font flamboyer les vitres; ou bien d'entrevoir la *vasquine* et la *vertugade* des religieuses du lieu, à travers les arceaux des galeries intérieures, au bruit qu'entretiennent les eaux de la fontaine des Grâces, dans la *basse-cour* de l'abbaye. L'imagination, quelque peu contenue et dirigée par l'etude, fera toujours les frais les meilleurs d'un commentaire de Rabelais. Mais je me hâte de me ranger à mon rôle de glossateur.

« Le bastiment feut en figures exagone, dit le texte de *Gargantua,* en telle facon que a chascun angle estoit bastie une grosse tour ronde, a la capacité de soixante pas en diamètre, et estoient toutes pareilles en grosseur et portraict. La rivière de Loyre découlloit sus laspect de Septentrion.... Entre chascune tour estoit espace de troys cents douze pas. Le tout basty a six estages, comprenent les caves soubz terre pour un. »

Les *grosses tours rondes* allaient disparaître de l'architecture royale en France, précisément à l'époque où Rabelais ne trouvait rien de mieux à placer dans son édifice de prédilection. Les *grosses tours rondes* existaient à Chantilly et à Bonnivet; on les voit encore à *Chambourg*. On quittait à peine alors le château-fort du moyen âge où l'agrément était sacrifié à la sûreté. Ces murailles gigantesques, avec les tours qui en reliaient les faces irrégulières, avaient quelque chose d'imposant et de vraiment princier : on ne comprenait pas plus un château royal sans tours qu'un monarque sans armure. Tous, châteaux et princes, couraient encore trop de risques dans la société mal assise de cette époque, pour qu'à tout événement le seigneur le plus rassuré ne se mît pas à l'abri d'un coup de main. Les Thélémites, on le voit, auraient placé au besoin des couleuvrines aux embrasures de leurs tours, et embusqué des archers sur leurs courtines. La prophétie trouvée dans les fondements de l'abbaye annonce que le bonheur des Thélémites ne peut être qu'un rêve passager : la guerre civile est au bout de ces fêtes, et Thélème, l'abbaye du bon plaisir, est construite pour la guerre.

Quand François Ier voulut rebâtir le château de Saint-Germain, il se servit des vieilles fondations, quoique par là, dit Du Cerceau, la cour intérieure fût d'*une assez sauvage quadrature*. Chantilly, que Rabelais cite comme un modèle, était encore plus irrégulier que Saint-Germain : ses trois grosses tours formaient entre elles un triangle inégal. J'ignore quel fut le plan de Bonnivet, dont les recueils du dix-septième siècle ne reproduisent que l'élévation principale. Dans Chambord, on remarque un progrès sensible vers la régularité du plan. Le centre du château rappelle encore la masse des anciennes forteresses ; mais les ailes se développent carrément et d'une manière majestueuse. Seulement, pas plus dans Chambord que dans Bonnivet, on ne s'est affranchi de l'imitation des châteaux du moyen âge. De grosses tours rondes en soutiennent les angles, et conservent à l'ensemble un certain aspect de forteresse. Thélème n'est point irrégulière comme Saint-Germain, Amboise ou Chantilly ; mais elle n'atteint pas la belle disposition de Chambord. Le plan hexagone adopté par l'architecte sent plus le donjon que le palais : Rabelais ne trouve rien de mieux à placer sur la face de la Loire que la saillie d'une tour. « Au pied dicelle estoit une des tours assise, nommée Artice. » Je remarque que le rapport d'un à cinq, établi par notre architecte entre le diamètre des tours et la longueur des corps de logis qui les séparent, se retrouvait à Bonnivet sur la façade, et existe à Chambord sur les côtés.

Ce qui est vrai du plan l'est aussi de l'élévation. Ces cinq étages sont bien rudes pour les délicates habitantes de Thélème. Le souvenir de la forteresse continue à nous poursuivre. Les caprices du moyen âge tiennent encore la plus grande place dans cette tête que l'Italie n'a pu convertir plus tard au beau simple et sévère. On en jugera par la décoration intérieure du château : « Le second étage étoit voûté à la forme d'une anse de panier. » C'est la voûte surbaissée des chambres dans les vieux donjons. « Le reste étoit embrunché de gui de Flandre à forme de culs-de-lampe. » Je laisse les philologues discuter la valeur véritable du verbe *embruncher;* quant au *gui de Flandre,* c'est le plâtre fin dont on fabriquait ces *clefs-pendantes* qui décorent, non sans quelque grâce, les voûtes de nos églises des quinzième et seizième siècles. Puisque sous la régence de Marie de Médicis on s'est amusé en plein Paris à modeler les *clefs-pendantes* de Saint-Étienne-du-Mont, je ne vois pas trop pourquoi on reprocherait à maître

François son goût pour ces tours de force. Seulement, je ferai observer que l'Italie n'a jamais compris le mérite qu'il y avait à prodiguer ainsi ces *culs-de-lampe* dans les voûtes des églises et des palais.

Jusqu'ici nous avons trouvé Rabelais aussi servile admirateur du goût de son époque et de son pays que pas un de ces vieux maîtres de Paris, *di quei vecchioni maestri di Parigi*, dont Benvenuto Cellini se moquait à cœur-joie (7). Maintenant il va entrer dans la voie des innovations par un besoin bien cher à notre siècle, celui du *comfort*. « Le dessus couvert d'ardoise fine avec l'endossure de plomb a figures de petits manequins et animaux bien assortis et dorés avec les goutières qui issoient hors de la muraille, entre les croisees, peintes en figures diagonales d'or et d'azur, jusques en terre, ou finissoient en grands eschenaux qui tous conduisoient en la riviere par-dessous le logis. » Ici, il faut en convenir, Rabelais est *progressif*. Il a eu certainement le crâne plus sensible que ses contemporains à ces déluges que vomissent encore les *gargouilles* de nos cathédrales. Il sacrifie même le plaisir de ses yeux à la crainte de sentir, comme Panurge, *l'eau entrer en ses souliers par le collet*. Autrement, renoncerait-il aux grotesques compositions des gouttières saillantes, à ces compositions si semblables aux boutades de son livre, lui qui décrit avec tant d'amour *les figures de petits manequins et animaux bien assortis et dorés*, qui décorent le faîte du monument? Les commentateurs expliquent les *manequins* dont parle ici Rabelais, par *petites manes*, « paniers de fleurs et de fruits, lesquels servent d'ornement aux édifices. » Mais ces *mannequins* ne sont-ils pas plutôt des *petits hommes* (*männchen*), des *bons-hommes*, comme nous disons aujourd'hui, que maître François marie, dans son caprice, à des figures d'animaux? Une élégante et pure *faîtière* comme celle de Lescot au Louvre, me semble bien avancée pour le goût très-peu antique de Rabelais.

Notre architecte ne prévoyait donc pas ce qui serait plus beau, mais il devinait ce qui serait plus commode. On va voir comme il se raille des escaliers de son temps : « Entre chacune tour, au « mylieu dudict corps de logis, estoit une viz brizée dedans icelluy mesme corps. De laquelle les « marches estoient part de porphyre, part de « pierre Numidicque, part de marbre serpentin, « longues de xxij piedz; lespesseur estoit de troys « doigtz : lassiete par nombre de douze entre chascun repous. En chascun repous estoient deux « beaulx arceaux dantique, par lesquelz estoit « repceue la clarté; et par iceulx on entroit en « un cabinet faict à claire voys, de largeur de la-

« dicte viz, et montoit iusques au dessus la cou- « verture, et la finoit en pavillon. Par icelle viz « on entroit de chascun cousté en une grande « salle, et des salles ès chambres. » Il est assez difficile de se rendre un compte exact de cette description. Au premier abord, on ne sait où placer ces *cabinets à claire voys, qui ont la largeur de la viz,* d'autant plus que *les beaulx arceaux dantique* qui leur donnent entrée, sont ceux *par lesquelz est repceue la clarté;* mais tout se concilie, si l'on se représente ces *cabinets à claire voys* comme faisant saillie sur les façades, à la hauteur de chaque étage, et portés sur des consoles dont la forme devait rappeler celle des anciens machicoulis. L'épaisseur de ces *cabinets* n'est donc pas telle que la lumière ne puisse entrer abondamment par les *arcs dantique* qui correspondent à leurs ouvertures. Ces cabinets sont ainsi construits sur le modèle des balcons couverts qui décorent l'entrée des maisons dans l'Orient. On voit que l'architecte s'inquiète peu des saillies multipliées qui troublent l'harmonie des lignes sur les façades. Il n'a pas plus de souci de l'effet irrégulier que doit produire le pavillon qui surmonte les couvertures et termine les vis. Ainsi pensaient encore les artistes qui ont bâti et Chambord et Chantilly. Le parti que Lescot prit bientôt après de concentrer dans l'intérieur toute la disposition des escaliers, sans que ni l'uniformité des façades, ni la régularité des baies en souffrissent, ce parti signale une révolution que Rabelais n'avait ni désirée ni prévue. Mais combien notre épicurien ne l'emporte-t-il pas sur Lescot lui-même, dans la manière dont il dispose la hauteur des marches et la distance des repos dans les montées! « Lespesseur des marches estoit de troys doigtz; lassiete par nombre de douze entre chascun repous. » Que cela est loin, non-seulement des vis étroites, des marches escarpées de nos vieux châteaux, mais encore des escaliers carrés de Lescot dans le Louvre, si abruptes et si fatigants!

L'architecte de Thélème a d'abord décrit « les neuf mille troys cens trente et deux chambres » nécessaires au logement de ses religieux et de ses religieuses. Au lieu d'étroites cellules, nous trouvons des appartements assez commodes, même pour les aises d'aujourd'hui : « Chascune chambre « est guarnie de arrière chambre, cabinet, guarde-« robe, chapelle et yssue en une grande salle. » La chapelle ne paraît être ici que par la puissance de l'habitude : aujourd'hui la chapelle serait le boudoir. On s'étonnera peut-être aussi que Rabelais, qui décrit si minutieusement toutes les parties et toutes les dépendances de son abbaye, n'en ait oublié que l'église! A l'époque de la publication de *Gargantua*, Rabelais n'en était pas encore à ce point de *négation;* et je ne doute pas que, s'il eût pu le faire impunément, il n'eût envoyé au prêche ses religieux thélémites. N'existe-t-il pas une assez forte empreinte de puritanisme huguenot dans cette observation que fait l'auteur sur le costume des dames de Thélème, « qu'aux festes et dimanches elles portoient accoustrement françoys, parce qu'il est plus honorable et mieulx sent la pudicité matronale? » A quoi bon, en effet, ce costume sévère du dimanche, si ce n'est pour aller au prêche? Il est rare que Rabelais ne trouve pas le moyen de dire tout ce qu'il veut; mais ici il existe une lacune évidente dans l'expression de sa pensée.

L'hexagone du château ayant ses deux plus larges côtés tournés vers le levant et vers le couchant, la plus douce exposition appartenait aux dames : elles habitaient depuis la tour du nord jusqu'à celle du midi; le côté opposé était dévolu aux hommes; mais les logements n'occupaient que les deux tiers de chaque moitié. Deux des corps de logis, ceux qui regardaient le nord-ouest et le sud-est, étaient destinés, l'un, du côté des hommes, à la bibliothèque, et l'autre, du côté des religieuses, aux galeries de peinture. Rabelais se fait de ces grandes dépendances des habitations royales au seizième siècle une idée tout à fait digne de la Renaissance et des Valois qui l'ont favorisée. « Depuis la tour Arctice jusques à Cryère estoient les belles grandes librairies en grec, latin, hébrieu, françoys, tuscan et hespaignol : départies par les divers estaiges selon iceulx langaiges. » Voilà six langues énoncées : c'étaient, au seizième siècle, les seules langues littéraires de l'époque ; de l'anglais, malgré Chaucer, de l'allemand, en dépit de Luther lui-même, pas le mot. Quant à la disposition de la bibliothèque, on croirait que l'auteur a voulu donner un étage à chaque idiome. Mais nous avons six langues, et cinq étages seulement au-dessus du sol pour les loger. Il sera donc nécessaire de faire une répartition des livres proportionnée au nombre des productions de chaque littérature. Le rez-de-chaussée aura le grec et l'hébreu. Au premier, nous placerons les livres latins ; les français au second ; les italiens et les espagnols aux deux étages supérieurs, les premiers pour la plus grande partie. L'Italie fournissait alors la littérature la plus riche, la plus parfaite, la plus goûtée. Remarquez que l'architecte se garde bien de mettre l'hébreu et le grec au quatrième : on ne serait pas monté si haut, même au seizième siècle, pour une lecture difficile ; Rabelais ne veut pas que la bibliothèque érudite soit désertée par les épicuriens de Thélème ; mais il sait qu'ils ne plaindront pas leur fatigue pour atteindre *Morgante* ou *Amadis*.

La description du musée de Thélème offre aussi quelques traits curieux : « Depuis la tour Anatole jusques à Mésembrine estoient belles grandes galleries toutes peinctes des antiques prouesses, histoires et descriptions de la terre. » Ici, pour comprendre notre auteur, nous n'avons pas besoin de provoquer une discussion aussi longue et aussi docte que celle qui s'est élevée de nos jours à propos de la *peinture murale* des anciens. A la date du premier livre de Rabelais, François Ier possédait déjà la grande *Sainte-Famille* de Raphaël. Mais le roi lui-même n'avait pas un nombre de tableaux à garnir des galeries. On préférait alors, et on avait à la fois raison et obligation de le faire, à ces amas indigestes de cadres de toutes dimensions et de toutes manières qui remplissent aujourd'hui les palais, une décoration régulière, adaptée à la place, et où l'esprit avide d'instruction et d'amusement trouvait autant de satisfaction que les yeux. Au milieu « des antiques prouesses et histoires », nous voyons mentionnées « des descriptions de la terre. » On peut entendre par là les peintures des vases, des habits, des coutumes empruntés aux relations du Nouveau-Monde, dont le seizième siècle se montrait si avide. Mais de véritables *cartes de géographie* ne me paraissent pas déplacées dans les galeries de Thélème. On sait que dans le Vatican, une galerie de cartes géographiques, peintes à fresque au seizième siècle, se trouve placée parmi les chefs-d'œuvre de la peinture. Ces cartes ne sont point si arides que celles qu'on fabrique aujourd'hui : elles brillent d'or, de pourpre et d'azur : l'imagination de l'époque, au milieu des détails techniques, y a prodigué ses caprices : les baleines et les dauphins bondissent dans l'Océan; les vaisseaux de Colomb et de Gama le sillonnent; l'Arabe a planté sa tente sur l'emplacement du désert; le sauvage de l'Amérique, le nomade de l'Asie sont dessinés chacun à sa place et d'après les relations les plus accréditées. De nos jours, on n'a fait dans ce genre que la carte gastronomique de la France, avec les terrines figurées à Nérac, les jambons à Bayonne, les pruneaux à Tours, etc..... : maître François ne l'aurait pas désapprouvée.

Les escaliers principaux, ceux qui donnaient entrée aux bibliothèques et aux galeries de peinture, se trouvaient au milieu des corps de logis qu'on avait affectés à cette double destination. « Au mylieu estoit une merveilleuse viz, de laquelle l'entrée estoit par le dehors du logis en un arceau large de six toizes. Icelle estoit faicte en telle symmétrie et capacité, que six hommes d'armes, la lance sus la cuisse, pouvoient de fronc ensemble monter jusques au dessus de tout le bastiment; » et plus loin : « Au milieu estoit une pareille montée et porte, comme avons dict du cousté de la rivière. » De cette description incomplète ressortent diverses conséquences qu'il est intéressant de signaler. L'auteur a déjà précédemment décrit les vis placées au centre de chaque corps de logis; mais celles qui donnent accès aux appartements d'habitation sont comprises chacune « dedans icelui mesme corps » : il résulte de là que les *merveilleuses viz* de la bibliothèque et des galeries devaient faire saillie sur l'édifice et dessiner à l'extérieur leur forme hémisphérique. Nécessairement aussi, les corps de logis consacrés aux livres et à la peinture ne devaient pas avoir la même épaisseur que les bâtiments entre lesquels étaient réparties les *neuf mille troys cens trente et deux chambres*. On déduit cette opinion, avec certitude, des constructions analogues de la même époque. A Écouen, la galerie qui forme un des côtés du château est simple en profondeur. Il en était de même, à Fontainebleau, de la *galerie d'Ulysse*, à laquelle répondait, de l'autre côté de la cour du *Cheval blanc*, un corps de bâtiment, double en profondeur, et divisé en petits appartements. Cette irrégularité dans les rapports des parties d'un même édifice est, pour ainsi dire, de l'essence de l'architecture française au seizième siècle. Il est tout simple que nous la retrouvions à Thélème. Ces grands escaliers étaient en forme *de vis:* on ne concevait pas encore autrement en France la disposition des montées dans les habitations princières. Nous pouvons en juger par la double vis brisée qui occupe le centre de Chambord, et par les escaliers de forme semblable que l'architecte a placés dans les angles de la cour du même château. Ces dernières vis sont à claire-voie dans toute leur hauteur, et forment sur les bâtiments une saillie des trois quarts de leur circonférence. Les coupoles qui les couronnent « montent iusques au dessus la couverture et la finent en pavillon. » Quant au grand escalier central, ses deux révolutions continuent, au-dessus des bâtiments, de s'enrouler l'une sur l'autre sans jamais se rencontrer qu'au sommet. Au lieu d'une coupole, on trouve des arcs-boutants dont la disposition concentrique représente l'armature d'une tente; et par-dessus deux lanternes superposées. C'est un ensemble fantasque, capricieux, et qui rappelle plus les hardiesses du style ogival que l'élégante pureté de la Renaissance.

L'entrée des deux *merveilleuses viz* était *par le dehors du logis;* celle des autres donnait donc sur la cour intérieure, dont nous parlerons bientôt. Il y a quelque chose de libéral et qui rappelle la noble hospitalité des palais de l'Italie, dans l'attention que l'architecte a mise à placer les deux principales entrées du côté de la bibliothèque et des galeries. Ce sont là les parties de l'édifice accessibles à tous venants, sauf les moines et les gens de loi, pour lesquels l'antipathie de Rabelais n'a pas de bornes : ceux-ci sont exclus expressément par l'inscription qui surmonte la porte du côté de la campagne. L'appel, au contraire, est fait aux *nobles chevaliers*, aux *dames de hault paraige* et à ceux qui *annoncent le sainct Évangile, quoyqu'on gronde*. Rabelais accueille expressément ici les apôtres de la réforme à mœurs faciles, comme l'entendait la cour de François Ier.

On remarquera encore la position oblique, quant à la rivière, des deux entrées principales. Il en résulte que la Loire devait effectivement baigner le pied de la tour Arctice ou du nord. Le fleuve formait ainsi, dans cette direction, un fossé naturel. Ses eaux ne remplissaient-elles pas aussi d'autres fossés creusés autour de l'édifice? Ces deux grandes entrées n'avaient-elles pas des ponts à lever contre les *hypocrites bigotz*, les *basochiens mangeurs du populaire*, et les *usuriers chichars*, et suffisait-il contre eux de la menace de l'inscription? Si Rabelais n'a parlé ni des fossés ni des ponts-levis, c'est qu'il l'a jugé inutile. Les fossés et les ponts-levis étaient alors, comme les tours, dans la pensée de tout le monde. L'existence des fossés n'excluait d'ailleurs ni le verger, ni le jardin, ni aucune des dépendances agréables que maître François a distribuées autour de son abbaye. A Blois, le jardin était placé au-dessous des rochers qui supportent et défendent la face occidentale du château, à une distance incommode de l'habitation. Il en était de même au Louvre et au palais des Tournelles. On ne jouissait des jardins que dans les moments de sécurité parfaite. Survenait-il quelque danger, on se renfermait dans l'enceinte, et, plus d'une fois, les maîtres de ces splendides demeures ont dû voir, du haut de leurs donjons, ravager les riches dépendances qu'ils avaient étendues autour d'eux comme des faubourgs.

Enfin je crois reconnaître une intention de critique dans ce que dit le descripteur que : « l'entrée estoit par le dehors du logis en un arceau large de six toizes » : rien de semblable ne se retrouve en effet dans les habitations du seizième siècle. A Écouen comme à Chambord, les portes sont démesurément petites en comparaison de la masse de l'édifice. C'est même cette circonstance qui a causé la destruction du magnifique arc de triomphe qui précédait le château d'Écouen. Dans le dernier siècle, le prince de Condé le fit abattre, parce que l'ouverture n'en avait pas la largeur d'un carrosse.

Il reste, pour compléter la description, à se faire une idée de la cour intérieure de l'abbaye et des riches dépendances qui se développaient autour de cet édifice. Sur le premier point, le texte ne laisse rien à désirer : « Au milieu de la basse-court estoit une fontaine magnificque de bel Alebastre. Au dessus, les troys Grâces avecques cornes dabondance. —Le dedans du logis sus ladite basse-court estoit sus gros pilliers de Cassidoine et Porphyre à beaulx ars dantique, au dedans desquelz estoient belles gualeries, longues et amples, aornées de pinctures, et cornes de cerfz, licornes, rhinocéros, hippopotames, dens de éléphans et aultres choses spectables. » Cette *basse-cour* ne devait pas manquer de lumière, le développement des corps de logis étant proportionné à leur hauteur. La description de la fontaine, que j'ai dû abréger, manque d'élégance et de goût; mais les galeries qui faisaient le tour du rez-de-chaussée, comme à la *cour des Tortues* de Fontainebleau, présentent un ensemble de richesse et d'élégance qui satisfait l'imagination. Je n'ai pas besoin d'avertir que les *beaulx ars dantique,* dont il est plusieurs fois question, sont les arcs à plein cintre renouvelés des monuments romains, et substitués aux ogives qui jusqu'alors avaient régné sans partage. Nous retrouvons encore ici de quoi nous rappeler la galerie des Cerfs et celle des Chasses, à Fontainebleau. Ces bois de cerfs, ces dépouilles d'animaux sauvages que Rabelais place sous les portiques entre les peintures, sont empruntés aux plus sombres demeures du moyen âge. C'est l'accompagnement obligé de ces tours, de ces vis et de ces fossés, dont la Renaissance n'a pas su s'affranchir.

Je ne me charge pas de classer bien rigoureusement autour de l'abbaye les dépendances qui en complétaient le bienheureux séjour. Autant que je puis comprendre la description de notre architecte, je place au nord-est, entre les deux tours *Arctice* et *Calaer,* » devant le logis des dames, affin quelles eussent lesbatement..., les lices, l'hippodrome, le théâtre et natatoires, avecques les bains mirificques à triple solier. » Les *natatoires* et les bains font supposer une communication facile avec la rivière, et cette supposition devient une certitude dès qu'on admet, comme nous l'avons fait précédemment, l'existence des fossés. Les lices, l'hippodrome et le théâtre montrent un mélange, un choc des souvenirs de l'antiquité avec les habitudes du moyen âge, qui caractérise l'époque, sous quelque face qu'on l'envisage. A Amboise, à côté de la lice des tournois, les vues du seizième siècle offrent un amphithéâtre imité des Romains. Je ne saurais séparer de la lice et de l'hippodrome les jeux de paume et de grosse balle, qui ne devaient pas moins servir « à lesbatement des dames » que les précédents exercices. En Italie, le jeu de ballon forme un des plus grands divertissements de la population. Les joueurs célèbres voyagent de ville en ville. Ils choisissent en général pour théâtre de leurs luttes le pied des remparts, et les spectateurs se rangent au-dessus pour mieux juger des coups. On peut se représenter les élégantes *religieuses* de Thélème, groupées aux fenêtres des galeries, et suivant de l'œil et du cœur les exercices des *religieux*. Les jeux de paume et de grosse balle devaient se trouver entre la tour *Calaer* et la tour *Anatole,* non loin de la principale entrée, qui était tournée du côté opposé à la rivière, comme à Blois et à Amboise.

« Jouxte la rivière estoit le beau jardin de plaisance. Au milieu dicellui le beau labyrynthe. » Si je plaçais en effet ce jardin vers le fleuve, entre les tours *Calaer* et *Arctice,* je serais forcé de lui assigner une forme triangulaire. Je trouve un argument à l'appui de cette manière de voir dans la description que l'auteur nous donne « du vergier », placé du cousté de la tour Cryère, « plein de tous arbres fructiers, tous ordonnés en ordre quincunce. » Pour expliquer cette dernière expression, l'auteur de l'*Alphabet,* qui n'est autre que Rabelais lui-même, nous dit que « c'est une disposition d'arbres rangés de telle façon qu'ils représentent la figure de la lettre V. » Le verger avait donc un plan triangulaire, mais à la place correspondante nous trouvons de l'autre côté le bain et les natatoires, l'hippodrome et le théâtre. Le jardin s'étendait par conséquent au delà, le long du fleuve, et sa dimension devait être beaucoup plus grande que celle du verger.

« Au bout » du verger « estoit le grand parc foizonnant en toute sauvagine. Entre les tierces tours », sans doute, vers le couchant, entre *Cryère* et *Hespérie*, « estoient les butes pour larquebuse, larc et larbaleste. Les offices à simple estaige hors la tour Hespérie », c'est-à-dire entre *Hespérie* et *Mésembrine*, la tour du sud : « Lécurye au delà des offices. La faulconnerie au devant dicelles, gouvernée par asturciers bien experts en lart. » On avait placé sous les yeux des dames les exercices agréables et sans danger : c'était sous le logis des hommes que se trouvait l'emplacement destiné aux exercices plus périlleux, et aussi les bâtiments dont le bruit et l'odeur auraient pu incommoder des organes délicats. Ce que Rabelais prophétise le mieux, c'est la vie commode de notre époque : chez lui, le sens de l'épicurien a quelque chose de merveilleux et de divin.

Nous venons de voir comment Rabelais avait

bâti Thélème; maintenant il serait tout aussi curieux de rechercher comment il l'a peuplée. Mais ce serait là un travail d'une tout autre nature que celui que nous nous sommes imposé. Nous avons donné assez longuement, je pense, les plans, coupe, élévation et détails de notre restitution. Il ne manque plus à notre *Album* de Thélème qu'une *vue à l'effet* de l'édifice. Si nous cherchions quelque épisode pour animer cette vue, maître François nous le fournirait avec la grâce qui lui appartient dans tout le corps de ce morceau, en nous faisant voir « les dames montées « sus belles hacquenées, sus le poing mignonement « enguantelé portant chascune ou un Esparvier « ou un Laneret ou un Esmerillon; et les hommes « portant les aultres oyseaulx. »

NOTES.

Note 1, Page 3.

Chateaubriand, *Essai sur la Littérature anglaise*, t. I, p. 324, éd. 1836, in-8°.

Note 2, Page 6.

Le roman des *Trois Fêtes*, « manuscrit trouvé dans un vieux bahut à l'abbaye de Saint-Maur-les-Fossés, lors de sa destruction en 1733, » et sur lequel s'appuie le commentateur du Rabelais *variorum*, n'est qu'une supercherie, fort innocente et fort mal faite, à laquelle un lecteur sérieux ne saurait attacher la moindre importance.

Note 3, Page 9.

On me permettra, *contre l'autorité de l'Académie*, de conserver cette orthographe d'une formule juridique qui s'est altérée avec le temps, et que l'Académie aurait dû rétablir dans sa pureté première.

Note 4, Page 10.

Le lecteur est prié de croire que je ne m'exprime ici d'une manière si absolue que pour mieux me faire entendre. Il va sans dire que je comprends le mérite de l'architecture française au seizième siècle, et que j'en goûte les beautés.

3

NOTE 5, PAGE 10.

J'ai eu sous les yeux une vue pittoresque du *château de Bonnivet*, qui se trouve dans l'ouvrage de Chastillon avec ce titre : *Le magnifique bastiment de Bonnivet en Poictou.* Le recueil topographique du Cabinet des Estampes, à la Bibliothèque Royale, renferme en outre cinq planches de différentes dimensions, gravées par Lapointe, contenant l'élévation et plusieurs détails du château de Bonnivet. Le titre de la plus grande estampe, qui représente l'élévation de la façade, est assez curieux pour que nous le transcrivions ici : « Le magnifique chasteau de Bonnivet en Poictou, basti par « l'admiral de Bonnivet, depuis 1513 jusques en 1525, « apartenant a dame Eleonor de Rochechouart, marquise de « Bonnivet et des Deffends, comtesse de Belin, vidame de « Trilbaldoul, espouse de messire Jacques de Mesgrigny, « conseiller du Roy en ses conseils et d'honneur en ses par- « lements, comte de Brin, baron de Grisse, chastelain de « Cheneché en Poictou, et des Espoisses en Brie, lequel l'a « *restauré, orné et aschevé* depuis 1649 jusqu'en 1672. » La seconde planche porte le titre suivant : « Lucarne dont il y « en a 44 toutes semblables à cellecy, hors la diversité des « corniches, lesquelles sont posées sur trois estages de fe- « nestres. » Ces *lucarnes* sont les fenêtres en *mansarde* qui décorent la toiture. Comme la façade n'en présentait que seize sur quarante-quatre, les vingt-huit autres devaient être réparties sur les côtés; il résulte de cette observation que le plan du château (plan que je n'ai point retrouvé) devait dessiner les trois côtés d'un carré presque parfait. La planche IIIe, qui n'a pas de titre, offre une porte du dix-septième siècle ornée des armes réunies de Mesgrigny et de Rochechouart, encadrée dans une décoration du seizième, et surmontée d'une corniche et d'un amortissement aux armes de France et au chiffre de François Ier. Les deux dernières planches représentent des médaillons sculptés. On lit sur la quatrième : « Il y a beaucoup de médailles dans « l'escalier de Bonnivet, desquelles ces deux ont été choi- « sies. » Tous ces détails sont traités dans le pur style de Chambord, mais avec plus de recherche. Les historiens modernes du Poitou ne disent rien de ce beau monument, aujourd'hui, à ce qu'il paraît, entièrement détruit.

Note 6, Page 12.

M. Charles Questel, homme aussi modeste qu'habile, et dont les lecteurs compétents admireront, j'espère, le goût et l'érudition, M. Ch. Questel a exécuté sa restitution sous mes yeux ; je n'y trouve rien à reprendre, si ce n'est qu'il ne me paraît pas nécessaire de confondre dans la même enceinte le *théâtre* et les *natatoires ;* mais ce détail a peu d'importance.

Note 7, Page 16.

Vita di Benvenuto Cellini, p. 400, éd. de Molini, *Firenze,* 1832, in-8°.

FIN.

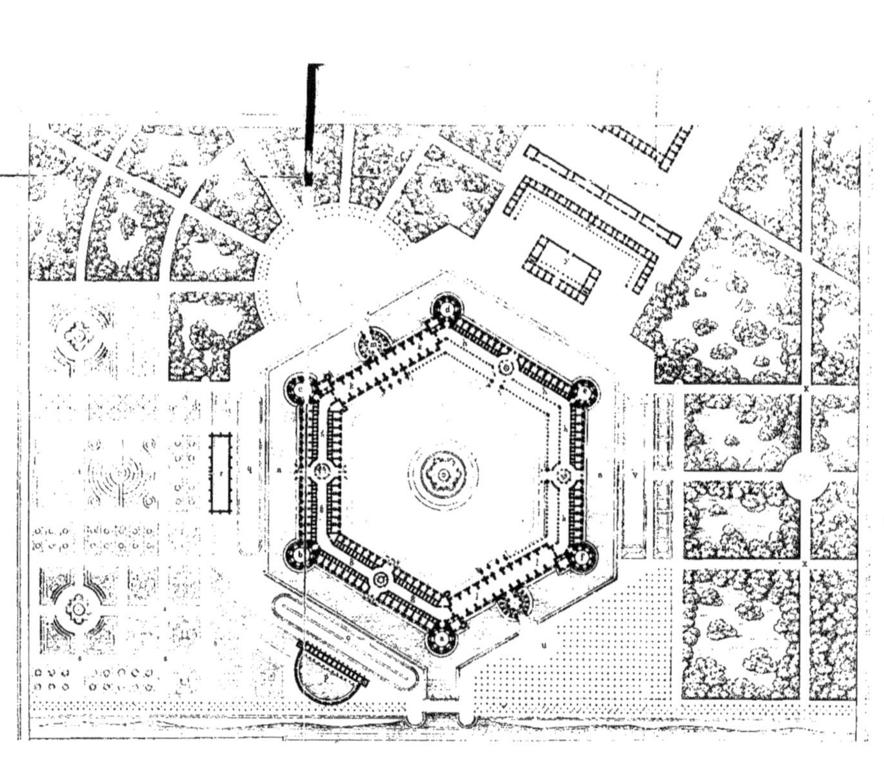

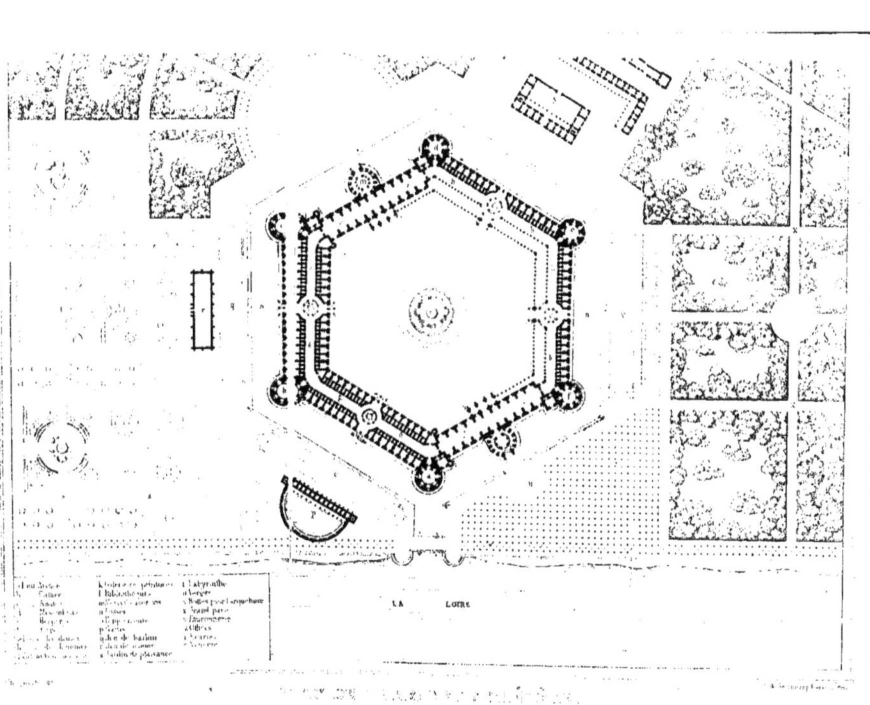
Labyrinthe
Verger
Buttes pour l'arquebuse
Grand parc
Fauconnerie
Jardin de plaisance
LA LOIRE

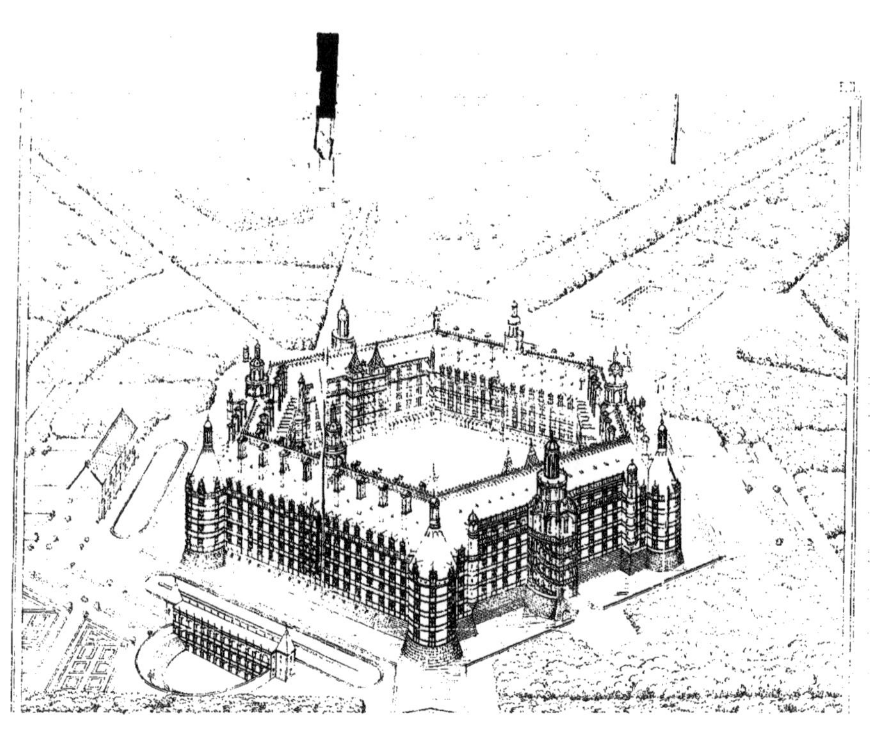

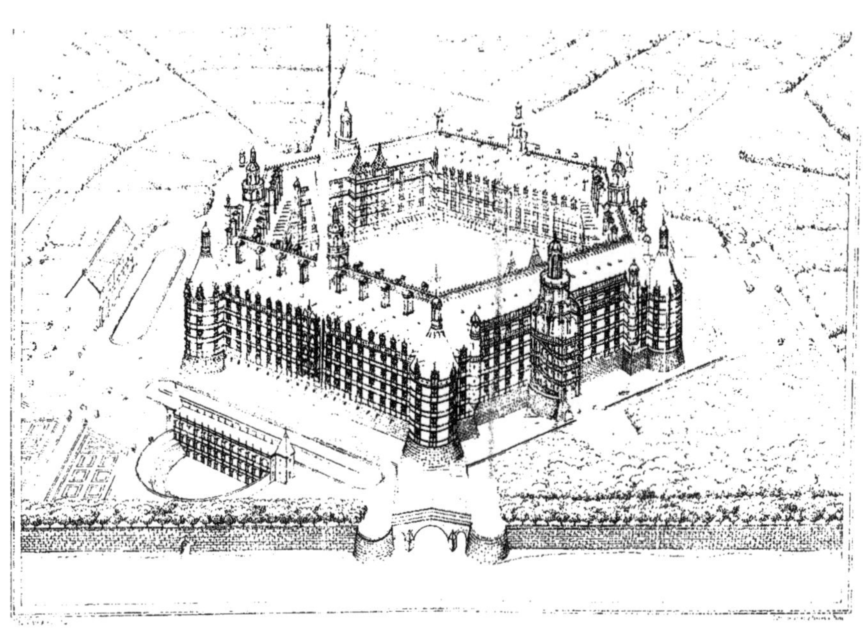

ARIS, — Imprimerie d'A.-Saintin, 38, rue Saint-Jacques.

www.ingramcontent.com/pod-product-compliance
Ingram Content Group UK Ltd.
Pitfield, Milton Keynes, MK11 3LW, UK
UKHW022148170726
13837UKWH00004B/1854